KB078930

연필 한 자루가 있었다

우주나무 청소년문학은
사려 깊은 삶의 지도를 그리는 데 실마리가 되려는 청춘의 문학입니다.
크고 강해서 사나워 보이나 순한 초식의 코뿔소처럼, 요동치는 마음에 공감과 위안,
버팀목이 되고, 열정 어린 눈에 즐거움과 기쁨을 더하고 싶습니다

지은이 하모

마음의 깊이와 넓이를 탐색하며 바다를 건너는 나비처럼 글을 씁니다.
그대, 항구를 떠난 배의 선장으로서 마음의 태양을 잃지 않고 별들의 좌표를 헤아리기를.
작품으로 《알아주는 사람》, 《소원을 들어주는 가게》, 《지하차도 건너기》,
《무서운 놈》이 있습니다.

연필 한 자루가 있었다

하모 소설

돌이 된 남자의 웃음

그는 숨도 쉴 수 없을 만큼
몰아치는 감정의 소용돌이에
휩쓸려 발작하듯 버둥댔다.

그 남자는 돌이 되었다.

마음이 돌처럼 단단해졌다든가, 머리가 돌처럼 굳어 잘 돌아가지 않는다는 뜻이 아니다. 또 옛날이야기에서처럼 하늘의 뜻을 어겨 돌로 변해버리는 벌을 받았다는 것도 아니다.

그는 우리와 같은 하늘 아래 같은 공기를 숨 쉬던 남자였다. 그런 그가 진짜 돌이 되었다는 것이다.

물론 의학적으로는 설명할 수 없는 일이다.

그러나 어쨌든 확실히 그는 돌이 되었다.

그가 몸에 뭔가 이상이 있다고 느낀 것은 자기 삶에 대한 자부심이 가장 높았을 때였다.

그는 너 나 할 것 없이 인정하는 최고의 금융자산운용가였다. 금융가에서 모르는 사람이 없을 정도로 그는 이른바 잘나가는 사람이었다.

그는 부자가 되고 싶은 사람들의 우상이었고, 이미 부자인 사람들에겐 황금알을 낳는 거위와 같았다.

그의 능력이 탁월하다는 데엔 아무도 군말을 덧붙이지 않았다. 조금 과장해서 말하자면, 그가 어떤 주식을 사면 그 주식은 기다렸다는 듯이 가격이 치솟았고, 반대로 그가 어떤 주식을 팔면 그 주식값은 곧 내리막으로 미끄러졌다. 주가가 곤두박질치고 파산하는 사람이 속출해도 그의 수익은 떨어지지 않았다. 돈의 흐름을 읽는 감각과 수익을 내는 확률에 관해서라면 증권가에서 누구도 감히 그를 넘볼 수 없었다.

고객이 맡긴 돈으로 주식이나 채권 등을 사고팔면서 돈을 불리는 직업, 금융자산운용가야말로 그의 천직인지도 몰랐다.

하지만 그를 아는 사람 중에 그를 인간적으로 좋아하는 사람은 없었다. 사람들은 그를 두려워하기까지 했다. 그를 존경한다는 사람도 간혹 있었지만, 그를 만나고 나면 그의 거만함에 질려 버리거나 그의 냉정함에 진저리를 치고는 했다.

사람들이 그에게 가장 많이 던지는 질문은 높은 수익률을 내는 비결이 무엇이냐는 것이었다. 그는 이렇게 대답했다.

감정 없이 보라고. 감정이 끼어들면 객관성을 잃어버려 정확한 판단을 할 수 없다고.

그것은 그가 주식을 매매하면서 느끼고 깨달은 솔직한 결론이었다. 그리고 감정 없이 보고 판단하는 것, 그것만큼 자신이 잘할 수 있는 것도 없다는 것을 그는 잘 알고 있었다. 그래서 그는 자신의 성공을 확신했고, 그만큼 오만해질 수도 있었다.

어쩌면 그것은 그의 어머니 덕분일지도 몰랐다.

그는 어릴 적에 아버지를 잃고 홀어머니 밑에서 자랐다. 그의 어머니는 아비 없이 자란 아이라는 말을 듣지 않게 하려고 그랬는지, 그를 퍽, 아니 혹독하리만치 엄격하게 키웠다. 어머니와 아들 사이엔 잔정을 주고받으며 서로 다독이는 일이 없었다.

그는 공부를 잘하는 편이었지만, 말수가 적은 외톨이였다. 다른 아이들이 따돌린 것이 아니라 스스로 남들과 어울리지 못한 탓이었다.

대학교에 들어간 그해에 어머니가 돌아가시자 그는 말수가 더욱 줄었고 인상도 좀 더 어두워졌다. 그의 일상은 감정 표현하는 법을 아예 잊어버린 듯 무미건조했다. 그는 강의를 듣고 늦은 밤까지 도서관에서 지냈다. 친구들과 어울려 술을 마신다든지 여행을 간다든지 하는 것은 그의 세계에 끼어들 틈이 없었다. 심지어 그는 밥도 늘 혼자 먹었다.

그에겐 친구도 애인도 없었다.

그는 어머니가 남긴 약간의 돈을 헐어가며 그렇게 혼자 대학교를 졸업했다. 그리고 자산운용사에 들어가면서 사회에 첫발을 내디뎠다.

그때까지만 해도 그는 자신에게 어떤 능력이 얼마나 있는지 가늠하지 못했다. 그는 자산운용사에서 고객 투자금을 운용하면서 눈에 띄는 실적을 내기 시작했다. 다른 동료들보다 두 배 가까운 수익률을 냈다. 한 번만 그랬으면 우연이고 행운이라고 여겼을 텐데, 그는 매번 엄청난 수익률을 올려 주위를 놀라게 했다.

몇 년이 지나자, 그는 회사에서 가장 중요한 사람 중 하나가 되어 있었다. 그에게 돈을 맡기려는 고객들이 몰려 그 자산운용사는 나날이 번창했다. 그러자 여기저기서 그를 스카우트하려고 은밀히 접근해 왔다.

그는 모든 달콤한 제의를 뿌리치고 자신의 투자회사를 차렸다. 예상했던 대로 자산운용사에서 관계 맺은 그의 고객들은 그의 회사로 돈을 옮겼다.

그 무렵부터였는지도 모른다. 그의 인상이며 눈빛이며 표정은 처음 자산운용사에 입사할 때와 매우 달랐다. 그는 더이상 내성적이지만 소박하고 성실한 청년이 아니었다. 그는 곧잘 남을 무시하고 비웃었다. 말수가 많은 편은 아니었지만, 이따금 싱거운 농담을 던지기도 했다.

그런데도, 아니면 그래서였는지 그에게 처음으로 여자들이 다가오기 시작했다. 그중에는 빼어난 미모와 든든한 집안에 남부럽지 않은 학력을 갖춘 여자들도 적지 않았다.

하지만 냉정함이 뼛속까지 배인 그는 그녀들의 마음을 한눈에 훑어보았다. 그녀들은 그의 능력이, 다시 말해 돈이 자신들의 미래를 보장해 줄 거라고 믿는 것 같았다. 혹은 돈이 그의 후광이 되어 그녀들을 사로잡았던 것인지도 몰랐다.

그가 예상했던 대로 그를 진심으로 이해하는 여자는 없었다. 그녀들은 애초에 그럴 의사도, 능력도 없었을지 모른다. 아니면 그가 여자를 사귄 적이 없고 감정표현 에 서툴러서 그녀들에게 그런 기회를 주지 않았던 것인지도.

아무튼 그의 주위에는 많은 사람이 얼쩡댔지만, 그는 언제나 혼자였다. 사람들 사이에 섞여 있을 때도 그는 자기 혼자만 어울리지 않는 자리에 끼어 있는 것만 같았다.

그는 이따금 주요 고객들을 초대해 파티를 열었다. 그들은 그에게 거액의 돈을 맡긴 사람들이었다.

그날도 파티가 끝난 뒤, 그는 잠이 오지 않아 혼자 술잔을 기울였다. 그런데 몸속에서 뭔가 덜걱거리는 소리가 들렸다. 그리고 갑자기 몸이 뻣뻣해지며 피곤이 몰려왔다. 무리를 했나? 그동안 너무 바쁘게 지내서 몸을 못 챙긴 탓이라고 그는 생각했다. 그는 회원 등록을 해놓고는 거의 가지 않은 스포츠센터에 꾸준히 다녀야겠다고 생각했다. 그곳은 부자들만 엄격히 심사해서 회원으로 받는 곳이었다.

다음 날 새벽, 스포츠센터 러닝머신 위에서 달리기하던 그는 한순간 비명을 지르며 쓰러졌다. 왼쪽 무릎 관절이 움직일 수 없이 뻣뻣해지며 너무나 아파 쓰러진 것이었다.

스포츠센터 직원의 마사지를 한참이나 받고서야 그는 다시 일어나 걸을 수 있었다. 그 직원은 너무 오랜만에 운동을 해서 몸이 놀란 것 같다며 무리하지 말고 가벼운 운동부터 조금씩 하라고 그에게 충고했다.

그런데 그 뒤에도 비슷한 일이 되풀이되었다. 전화를 받다가 목이 뻣뻣하게 굳어 한 시간이나 그 자세를 풀지 못한 적도 있고, 화장실에서 용변을 보고 일어서려다 허리가 아파 그대로 주저앉아 있기도 했으며, 밥을 먹는데 팔꿈치가 굳어 식사를 포기한 적도 있었다.

도저히 안 되겠다 싶어 그는 병원을 찾아갔다. 처음에 간 병원에서는 이런저런 검사를 해보고는 몸에 아무 이상이 없다고 했다. 다만 스트레스를 많이 받아서 신경성으로 통증을 느낄 수 있다는 의사의 말을 듣고 그는 정말로 스트레스를 받았다.

그는 다른 병원을 찾아갔다. 하지만 그곳에서도 별다르지 않은 진단을 내렸다. 그는 또 다른 병원을 찾아갔다. 아무리 생각해도 예민해진 신경을 무디게 해주는 것만으로 병이 나을 것 같지 않았다.

그렇게 이 병원 저 병원 찾아다니는 사이에 그의 몸은 점점 더 딱딱하게 굳어 가는 것 같았다. 관절은 기름칠을 안 한 기계처럼 삐걱거렸고, 근육도 툭하면 뭉쳐 좀체 풀어지지 않았다. 급기야 꼼짝도 할 수 없는 마비가 찾아왔다. 처음엔 팔, 다리, 목 같은 부위에만 마비가 오더니, 나중에는 하반신 또는 상반신 전체에 마비가 왔다. 그리고 마비 시간이 점점 더 길어졌다.

　마침내 한 병원에서 그는 충격적인 이야기를 들었다. 빈백 같은 살집의 의사는 그의 병을 몸이 돌처럼 굳어 가는 병이라고 진단했다. 관절도 굳고 근육도 굳어 결국에는 몸이 움직일 수 없게 된다는 것이었다. 더 중요한 것은 그 병이 아직 의학계에 보고된 적이 없으며, 따라서 마땅한 치료 약도 없다는 사실이었다.

　말도 안 돼. 돌팔이 같으니라고!

　그는 혹시나 하는 마음으로 또 다른 병원을 찾아다녔다. 그러나 그 어떤 이름 높은 병원의 의사도 그의 병이 무엇인지, 왜 생겼는지, 어떻게 치료할 수 있는지 알아내지 못했다. 인류 역사상 처음 생긴 병일지도 몰랐다. 굳이 말하자면 그의 병은 약도 없는 병, 불치병, 괴질이었다.

　그는 회사를 차린 뒤 처음으로 휴가를 내고 집에서 쉬었다.

그는 자신이 살아온 삶 전체를, 마치 죽을 날을 받아 놓은 노인처럼 돌이켜보았다. 특유의 냉정함을 유지하며.

그러나 강철같이 단단할 것만 같던 그의 냉정함은 얼마 지나지 않아 손에서 놓친 유리잔처럼 깨져 버렸다. 믿기 어렵지만, 그는 어린아이처럼 엉엉 울었다. 마치 그에게도 눈물이라는 것이 있다는 걸 증명이라도 하듯 그의 두 눈에선 찝찔한 액체가 하염없이 흘러나왔다. 그때까지 그를 유지하고 있던, 그를 그답게 보이게 하던 것들이 맥없이 허물어졌다. 어릴 적부터 쌓이고 눌려 있던, 평소엔 꺼내 본 적이 없어서 그저 없는 줄 알았던 감정들이 봇물 터지듯 터져 나왔다. 그는 숨도 쉴 수 없을 만큼 몰아치는 감정의 소용돌이에 휩쓸려 발작하듯 버둥댔다.

지독한 외로움이 그를 꽁꽁 묶었다.

다시 평정을 되찾았을 때, 그는 자신이 달라져 있다는 것을 느꼈다. 그는 감정 없이 보고 판단했던 이전까지의 자신과 다르게 느끼고 다르게 생각하는 사람이 되어 있었다.

그는 그동안 큰 성공을 거두었으면서도 왜 가슴 밑바닥까지 기쁘지 않았는지, 왜 행복하지 않았는지 어렴풋이 알 것 같았다. 그리고 사람들에 둘러싸여 있을 때도 늘 이방인 같다는 느낌을 지울 수 없었던 까닭도.

그는 그제야 자신이 누군가와 어울리려고 해본 적이 없다는 사실을 깨달았다. 그는 그 누구에게도 애정 어린 관심을 기울인 적이 없었다. 누군가가 다가와도 그는 마음의 문을 열려 하지 않았고, 문을 어떻게 열어야 하는지조차 잊고 살았다. 그러니 누가 그 문의 빗장을 풀고 들어올 수 있단 말인가.

가장 뼈아픈 후회는 바로 그것이었다.

그는 거울 앞에 서 보았다. 돌처럼 딱딱한 자세와 차가운 표정의 남자가 그를 마주 보고 있었다. 절대로 웃지 않을 것 같은 얼굴이 싸늘하게 굳은 시체 같았다.

여태 이런 모습으로 살아왔다니!

가슴이 미어졌다.

그는 먼저 마음을 열고 사람들에게 다가가 보기로 했다. 그러자면 무엇보다 웃음이 필요하다고 그는 생각했다.

다음 날, 그는 아무 일 없었다는 듯이 회사에 출근했다. 경비원이 다가와 깍듯이 인사를 하자, 그는 웃으며 인사를 받았다. 그런데 경비원은 찔끔 놀라며 겁먹은 표정을 지었다. 그동안 한 번도 인사를 받아 준 적이 없었기도 했지만, 한 번도 보지 못한 그의 어색한 웃음이 오히려 두려움을 자아냈던 것이다.

사무실 안에서의 상황도 그와 비슷했다. 그가 웃을수록 사람들 표정은 더 딱딱하게 굳었다. 자신이 뭔가 잘못이라도 한 듯 허둥대는 사람도 있었다.

그는 말도 부드럽게 하려고 애썼다. 그러나 그의 부드러움은 상대에게 부드러움으로 전해지는 대신 딱딱하고 거친 태도보다 더 무서운 인상으로 다가갔다. 그가 마음을 터놓고 이야기하려고 하면 사람들은 거북해하며 어떻게든 그 자리를 피하려고만 했다.

아무도 그의 웃음과 말과 행동을 있는 그대로 받아들이지 않았다. 그가 다가가려 할수록 사람들은 그에게서 달아났다. 그리고 모두 그의 진심에 무관심했다.

사람들이 그를 보고 웃은 적이 한 번 있기는 했다. 팔다리가 굳어 그가 마치 강시처럼 콩콩 뛰어다니자, 사람들이 고개를 돌리며 쿡쿡 웃었다. 형식적으로 예의상 웃어 주는 웃음이 아니라 정말로 우스워서 웃는 웃음이었다. 그러다 그와 눈이 마주치자 얼굴이 벌게져 어쩔 줄 몰라 했지만.

며칠 지나자, 증권가엔 그가 이상해졌다는 소문이 돌았다. 사람들은 온갖 억측을 했고, 그를 더욱 두려워했다.

그는 자신이 바꿀 수 있는 것이 거의 없다는 것을 인정해야 했다. 그가 바꾸려는 것은 사람들이 그에게 기대하는 것이 아니었다. 그렇다면 자신의 현재 자리를 버리는 수밖에 없었다.

그의 몸은 날이 갈수록 점점 더 딱딱하게 굳어 갔다. 피부도 돌처럼 단단하고 거칠어졌다. 시간이 얼마 남지 않았다는 것을 그는 뼈저리게 느꼈다.

　그는 비밀리에 재산을 모두 자선 단체에 기부하기로 했다. 그리고 자신이 직접 챙기던 회사 일도 다른 임원들에게 넘겼다. 사람들은 의아해했고 일부는 반대했지만, 그는 결정 사항을 바꾸지 않았다. 그렇게 주변을 정리하고 나자, 점점 더 무거워지는 몸과 달리 마음은 한결 홀가분했다.

　어느 날, 그는 차를 타고 놀이공원 근처를 지나가게 되었다. 차창 밖으로 장난감처럼 설치되어 있는 놀이기구들을 보자 문득 어린 시절의 한 장면이 오롯이 떠올랐다. 놀이공원에서 놀던 날의 기억이.

　그것은 한마디로 천국의 경험이었다. 어머니가 그 뒤로 다시는 데려가 주지 않았지만, 그는 놀이공원을 얼마나 좋아하고, 또 얼마나 가고 싶었는지 몰랐다. 언제나 환상적인 축제의 현장에 있으면서 날마다 놀이기구를 보고 또 탈 수 있을 것 같아서였다. 어머니는 물론이고 누구에게도 말한 적 없지만, 그는 놀이공원 경비원이 되고 싶었다. 바보스러울 만큼 소박한 그 꿈을 꿀 때 자신이 행복에 취했었다는 것을 그는 또렷이 기억했다.

그는 차를 멈추게 하고, 놀이기구들을 멍하니 바라보았다. 어느새 그의 입가에 어린아이 같은 자연스러운 웃음이 번졌다. 그는 어린 시절로 돌아간 듯 아주 오랜만에 기분 좋은 상상에 빠져들었다.

어느 날 밤, 그는 이윽고 때가 되었다는 것을 느꼈다.

그는 운전기사를 불러 놀이공원으로 갔다. 차에서 내린 그는 운전기사를 돌려보내고, 온 힘을 다해 놀이공원 문 앞으로 갔다. 그는 이미 혼자서는 걸음을 옮기기도 매우 힘든 상태였다. 놀이공원 문 앞에 다다랐을 때 그는 한 발도 더 움직일 수 없었다.

그는 가까스로 서서 놀이공원 안을 바라보았다. 휘황한 조명이 놀이기구들을 눈부시게 비추고 있었다.

　그는 그 자리에 꼼짝하지 않고 석상처럼 오래도록 서 있었다. 아니, 어느 사이 그는 이미 석상이 되어 있었다.

　다음 날 아침, 놀이공원 경비원이 처음 보는 석상을 발견했다. 경비원은 왠지 그 석상이 그 자리에 아주 잘 어울린다고 생각했다. 다른 직원들 생각도 같았다. 다들 어느 고마운 분이 선물로 두고 간 모양이라고 여겼다. 그래서 놀이공원에서는 그 석상을 그 자리에 그대로 두기로 했다.

　그 석상, 그러니까 그는 돌이 되어서야 자신이 가장 행복해하는 자리에 설 수 있었다. 그리고 사람들과도 잘 어울릴 수 있었다. 놀이공원에 오는 사람들은 환하게 웃는 얼굴로 그의 곁에서 사진을 찍곤 했다. 이제 그를 두려워하거나 피하는 사람은 아무도 없었다. 그래서일까, 돌이 된 그의 얼굴은 어쩐지 웃고 있는 것 같았다.

아버지 지게를 지고

아버지는 늘 그 지게를 졌고,

지게와 더불어 살았고, 마지막까지

지게와 함께했다.

아버지가 가진 건 지게밖에 없었다, 고 한다면 지나친 말일까? 아마 그럴 것이다. 아버지에겐 낫과 도끼, 톱과 같은 나무 하는 데에 쓰는 도구와 약간의 생활용품들도 있었으니까. 그러나 아버지의 전 재산인 그 닳고 닳은 물건 중에서 보물 1호를 꼽는다면 그것은 단연 지게였다.

땟국이 배어 반질반질한 질빵이며 기름을 바른 듯 반들반들한 지겟작대기, 그리고 지게뿔, 지겟다리, 지게꼬리, 지겟가지, 등태까지 아버지의 손때가 묻지 않은 데가 없는 그 지게.

아버지는 늘 그 지게를 졌고, 지게와 더불어 살았고, 마지막까지 지게와 함께했다.

지게 없는 아버지는 상상할 수 없었다. 아들이 기억하는 아버지는 언제나 지게를 진 모습이었다. 밥 먹을 때와 잠잘 때, 일을 할 때나 길을 가다 잠시 쉴 때를 빼면 아버지는 늘 등에 지게를 지고 있었다. 아버지는 지게와 한 몸인 듯했다. 아버지는 아들만큼이나 지게를 사랑한다고 아들은 느꼈다.

아들이 어릴 적에 아버지는 아들을 지게에 태우고 다녔다. 때때로 아버지는 당신 키만 한 지게에 당신 키만 한 짐을 올리고, 그 위에 아들을 태웠다. 그리고 지겟작대기를 짚고 일어서서 성큼성큼 걸었다. 그런 아버지가 아들은 좋았다. 아들에게 아버지는 세상에서 가장 기운 센 사람이었다.

아들은 지게에 타는 것을 좋아했다. 지게 위에 앉아 들썩이는 느낌이며 아주 천천히 멀어지는 풍경을 즐기기도 했고, 하늘을 보며 기분 좋은 상상을 하기도 했다. 이따금 아들은 지게뿔을 잡고 일어서기도 했다. 그러면 아들은 아버지보다도 훨씬 더 높은 곳에서 더 멀리 볼 수 있었고, 하늘도 더 가까워진 듯 느꼈다. 지게에 타고 있으면 아들은 세상 그 무엇도 부럽지 않았다.

아버지는 산으로 나무를 하러 다녔다. 이따금 아버지는 아들에게 말했다.

"아들아, 아버지가 다니는 길을 잘 보아라. 나중에 네가 혼자 다녀야 할 길이란다. 물론 너는 너의 길을 가겠지. 그러나 길이란 서로 닮았는 법이다."

산등성이에 올라서면 아버지는 먼 데를 가리키며 또 말했다.

"아들아, 아버지가 가리키는 곳을 보아라. 네가 살아갈 세상이다. 너는 숲을 헤치듯 저 세상을 헤쳐가야 한다. 너는 아버지가 나무를 하듯 일을 해라. 물론 너는 너의 일을 해야겠지만, 일이란 다 비슷한 법이다."

아버지는 점점 더 멀리, 먼 산으로 다녔다. 들판을 가로지르기도 했고, 허리까지 차는 물을 건너기도 했다.

"아버지, 왜 가까운 산 나무들을 그냥 두나요? 아직 베지 않은 나무가 많은데."

아들이 물으면 아버지는 대답했다.

"모든 나무를 다 베면 다음에 벨 나무가 없지 않으냐. 그러면 우리도 그렇지만 뒤에 오는 나무꾼은 또 어쩌겠느냐. 나무꾼은 꼭 필요한 나무만 베는 법이다. 그리고 아버지가 이렇게 먼 데를 돌아다니는 까닭은 너에게 넓은 세상을 보여 주고 싶어서란다."

　아버지는 가끔 사람들이 북적대는 도시에도 갔다. 그렇게 두루 다닌 덕에 아들은 일찌감치 세상이 얼마나 넓은지 알 수 있었다.

　하루는 아들이 말했다.

　"아버지, 이제 한곳에 머물러 살고 싶어요."

　그러자 아버지는 곧바로 집을 한 채 뚝딱 지었다. 아니, 아들의 기억에, 아버지는 집을 지게에 지고 온 것 같았다.

　아들이 말했다.

　"아버지, 산이 가까운 곳에 있었으면 좋겠어요."

　그러자 아버지는 산을 지게에 지고 왔다.

　"아버지, 냇물도 있었으면 좋겠어요."

　그러자 아버지는 지게를 지고 나가 냇물을 끌어왔다.

　"아버지, 집에 나무가 있으면 좋겠어요."

　그러자 아버지는 지게에 감나무를 지고 와 마당 가에 심었다.

아들은 아버지가 져다 놓은 집과 산과 냇물과 나무에서 놀았다.

이제 아버지는 아들이 원할 때가 아니면 아들을 지게에 태우지 않았다. 아버지는 혼자 새벽같이 집을 나가 일을 했고, 저녁 늦게 돌아왔다.

그러던 어느 날 저녁, 아버지가 지게를 지고 집에 돌아왔을 때, 아들은 그날따라 아버지가 퍽 낯설어 보였다. 아버지가 무척 작아진 것 같아서였다.

"아버지, 이상해요. 아버지 키가 줄어든 것 같아요."

아들이 말하자, 아버지는 빙그레 웃으며 대답했다.

"아니란다. 네 키가 그만큼 자랐기 때문이란다."

아들은 고개를 갸웃하며 다시 물었다.

"그런데 아버지 얼굴은 왜 쭈글쭈글해졌어요?

아버지는 아들의 머리를 쓰다듬으며 대답했다.

"그건 아버지가 늙기 때문이란다. 그만큼 네가 나이를 먹었다는 뜻이기도 하고.”

　그래도 아들은 이상하기만 했다.

　얼마 뒤, 아버지가 말했다.

　“이제 네가 지게를 져 보려무나. 너도 이제 지게를 질 때가
되었지.”

　아들은 아버지의 지게를 져 보았다. 지게는 가벼웠다. 아들
은 마치 예전의 아버지가 그랬던 것처럼 키만 한 짐을 싣고도
거뜬히 지게를 지고 다닐 수 있었다.

　이제 아들은 아버지 대신 일을 다녔다. 아버지처럼 산에서
나무를 해다 시장에 가 팔았다. 그리고 먹을 것이며 입을 것
을 지게에 싣고 집에 돌아왔다.

　아버지는 예전의 아들이 그랬던 것처럼 집에서 아들을 기
다렸다. 아버지는 마치 아이가 되려는 듯 점점 더 작아졌다.

　아들은 이따금 아버지를 지게에 태우고 다녔다. 아버지는
아주 가붓했다.

어느 날, 아버지는 깨끗한 옷으로 갈아입고는 아들에게 지게에 태워 달라고 했다. 아들이 지게를 지고 나서자, 아버지는 예전에 자신이 다니던 길로 가자고 했다. 아들은 아버지가 하자는 대로 했다. 가슴까지 차는 물을 건너기도 하고 들판을 가로지르기도 했으며 도시에도 갔다.

아들이 전에 아버지와 함께 자주 왔던 산꼭대기에 올라가자, 아버지가 말했다.

"그만 여기에 내려놓아라."

아들은 지게를 세우고 아버지를 땅에 내려 드렸다. 햇살을 받은 아버지의 얼굴은 투명할 만큼 말갛게 상기되어 있었다.

"여기가 내 집이다."

"그게 무슨 말씀이세요?"

"나는 평생 산에서 살았으니 산이 내 집인 셈이지. 안 그러냐?"

아들은 아무 말도 할 수 없었다.

"이제 나는 내 집에 있어야겠다. 너도 혼자 네 길을 갈 때가 되었지. 너는 더 이상 어린아이가 아니니."

"왜 그런 말씀을 하세요?"

"모든 것은 시작이 있으면 끝이 있는 법이다. 그러니 마음 아파하지 마라. 골짜기에 내려가서 물을 떠 오너라."

아들은 이상한 기분이 들었지만, 아버지가 시키는 대로 물병을 들고 골짜기로 내려갔다.

아들이 다시 산꼭대기에 올라왔을 때, 아버지는 보이지 않았다. 아버지가 어디론가 간 자취도 전혀 남아 있지 않았다. 마치 햇살에 증발한 것처럼.

주위를 두리번거리던 아들은 눈송이처럼 흰 나비 떼를 보았다. 승천하듯 하늘 위로 아득히 날아오르는 나비 떼를.

잠시 뒤, 아들은 아버지가 있던 자리에 한 뼘이나 될까 싶은 묘목이 솟아나 있는 것을 발견했다.

아들은 그 묘목에 물을 뿌렸다. 그것이 아버지의 마지막 부탁이었던 양.

아들은 하릴없이 앉아 있다 빈 지게를 지고 산을 내려갔다.

산 아래에서 아들은 백발의 한 노인과 마주쳤다.

그 노인이 물었다.

"젊은이, 이 산 이름이 뭔가?"

젊은이! 그제야 아들은 아버지가 말했던 것처럼 자기가 더 이상 어린아이가 아니란 사실을 깨달았다.

아들은, 아니 젊은이는 방금 내려온 산을 슬쩍 뒤돌아보곤 대답했다.

"우리 아버지 산입니다."

"그건 웬 지게인가?"

"우리 아버지 지게입니다."

"그럼 자네는 누군가?"

"우리 아버지 아들입니다. 하지만 지금부터는 그냥 저입니다."

그 말을 하는 순간, 젊은이는 자신이 더 이상 자라지 않는다는 사실을 알았다. 그리고 아버지 말대로 이제 스스로 자신의 길을 가야 한다는 것도 저릿하게 실감이 났다.

　젊은이는 노인을 지나쳐 걸어가며 속으로 말했다.

　아버지, 저는 아버지의 길을 가지는 않을 거예요. 하지만 아버지가 말씀하셨듯이 어떤 길이든, 길은 다 닮았는지도 모르겠어요. 그리고 이제 아버지가 제 길을 함께 가리란 걸 알아요. 제가 어렸을 적에 아버지 지게를 타고 다닌 것처럼요.

　젊은이는 뒤를 돌아보았다. 그새 노인은 사라지고 없었다.

　젊은이는 모든 것을 아우를 듯 우뚝하고 품 넓은 산을 잠깐 바라보다 이내 걸음을 옮겼다. 빈 지게가 왠지 묵직하게 느껴져 젊은이는 지게 작대기를 다시금 꽉 움켜쥐었다.

연필 한 자루로 쓴 이야기

그 연필도 일종의 불량품이었다.

같은 공장에서 똑같은 원료를 가지고 똑같은 기계로 찍어 낸 물건이라 하더라도 모두가 완벽히 똑같은 것은 아닐 것이다. 그중에 불량품도 있는 것처럼.

그 연필도 일종의 불량품이었다. 생명체였다면 돌연변이라고 할 테지만, 물건이니 불량품이라고밖에 달리 말할 수 없는 것이었다. 이를테면 돌연변이를 한 연필이라고나 할까. 겉보기에 멀쩡할 뿐만 아니라 쓸모도 제대로 갖춰 사람들이 불량품인지 모르고 쓰는데, 사실은 계획된 쓸모 외에 다른 쓸모가 덧붙은 그런 제품이었다.

불량품이란 만드는 사람이 기대했던 쓸모가 없거나 모자라거나 지나친 물건이다. 그러니까 엄격히 말하면 원래 없어야 할 쓸모가 덧붙은 물건도 불량품이라 하는 것이 옳다. 특별한 불량품이라고 할 수는 있어도.

그리고 처음 부여된 쓸모 외에 다른 쓸모가 끼어들어 간 이른바 '특별한 불량품' 중에 사람에게 정신적 영향을 끼치는 물건도 간혹 있을지 알 수 없는 일이다. 그의 경우를 보면 그렇다는 생각이 든다.

　은행원이던 그는 어느 날 퇴근길에 연필 한 자루를 주웠다. 그가 살아왔던 것만큼이나 평범해 보이는 까만 연필이었다.

　길바닥에 떨어진 그 연필을 보았을 때 그는 딱히 연필에 흥미가 없었다. 연필이 필요하지도 않았고, 연필을 주어다가 무엇을 하고 싶은 생각도 없었다.

　그런데도 그는 반사적으로 허리를 굽혀 그 연필을 집었다. 부러지지도 갈라지지도 않은 멀쩡한 연필이었고, 아직 깎지 않은 새 연필이었다. 그는 잠깐 연필을 살펴보고는 주머니에 넣었다. 그리고 그는 연필에 대해 생각하지 않았다.

　집에 돌아온 그는 옷을 벗어 옷걸이에 걸었다. 그리고 주머니에서 휴대 전화를 꺼내려는데 연필이 손에 잡혔다.

　그는 연필을 책상에 올려놓았다.

　저녁을 먹고 그는 책상 앞에 앉았다. 연필이 눈에 들어왔다. 그는 무엇을 하겠다는 생각 없이 무심하게 연필을 깎았다. 연필은 깎아 놔야 마땅하다는 듯이. 연필을 마지막으로 깎아 본 게 언제였는지 기억이 나지 않을 만큼 아주 오랜만인데, 기분은 꽤 산뜻했다.

그는 뾰족하게 잘 깎은 연필을 다시 책상 위에 올려놓았다.

그러고는 며칠이 지났다.

하루는 퇴근 뒤에 책상 앞에 앉아 연필을 만지작거리는데, 문득 그 연필로 무언가를 쓰고 싶다는 생각이 들었다. 그리고 그 무언가가 갑자기 머릿속에 꽉 차오르는 느낌이 들었다.

그는 곧바로 공책에 글을 쓰기 시작했다.

다음날, 그는 은행에 휴가를 냈다. 갑작스러운 휴가에 상사는 불같이 화를 냈지만, 그는 개의치 않았다. 그는 사흘 동안 어떻게 먹고 어떻게 잤는지 스스로 의식하지도 못한 채 오로지 글쓰기에만 매달렸다.

연필은 깡똥하니 몽당연필이 되었다. 길이가 너무 짧아서 그는 몽당연필을 손에 쥐고 글을 쓸 수 없었다. 그러나 작품은 아직 끝나지 않았다. 그는 몽당연필을 볼펜 껍데기에 끼워 글쓰기를 이어 나갔다.

그가 마지막 마침표를 찍었을 때 그 연필로는 한 글자도 더 쓸 수 없었다. 연필의 수명이 다했던 것이다.

그도 더 이상 쓸 것이 없었다.

그는 원고를 한 출판사에 보냈고, 얼마 뒤에 얇은 책을 출간했다.

그 작품은 연필에 관한 이야기였다. 우연과 운명에 관한 이야기이기도 했다.

출간한 지 채 한 달도 지나지 않아 그 책은 폭발적인 반응을 불러일으켰다. 독자들은 물론이고 평론가들도 그 작품에 대해 극찬을 아끼지 않았다. 삶의 본질에 대한 통찰력이 빛나는 작품이며, 짧지만 깊이 있고 울림이 큰 작품이라고 입을 모았다.

그는 단박에 유명 작가가 되었다. 그는 더 이상 평범한 은행원이 아니었다.

그는 인터뷰며 독서토론회며 작가 사인회에 불려 다녔다. 강연 요청도 끊이지 않았다.

하지만 그는 자신이 얼마나 대단한 작품을 썼는지, 그 의미가 무엇인지 제대로 깨닫지 못했다.

그는 언제나 연필에 관해 이야기할 뿐이었다. 우연히 주운 연필에 대해.

그는 연필 한 자루의 작가로 알려졌다.

어느 날, 동료 작가들과의 술자리에서 그는 고백하듯 말했다.

그 작품을 자신이 쓰긴 했지만 스스로 생각해서 썼다기보다는 누군가 불러 주는 것을 받아쓴 것 같다고. 한걸음 뒤로 물러나 생각하면, 그 작품을 자신이 썼다고 자신도 믿을 수 없다고.

그러자 동료 작가들은 그가 강렬한 문학적 영감에 사로잡혀 작품을 쓴 것 같다며 부러워했다. 자기들도 그런 경험을

하고 싶다면서.

하지만 그의 생각은 달랐다. 아무리 생각해도 그 작품은 자신이 쓴 것 같지 않았다.

그렇다면 누가 썼단 말인가? 누가 불러 준 것일까? 그 작품의 문학적 영감의 원천은 어디에서 비롯된 것일까?

생각의 막다른 골목에서 그는 연필을 떠올렸다. 결국 그 연필인가. 그는 그렇게 생각할 수밖에 없었다. 그 작품을 쓰기 전까지 그는 소설 한 편 써본 적 없고 작가가 되겠다는 생각을 해본 적도 없는 은행원이었으니까.

그렇다면 연필에 문학적 영감과 재능이 깃들어 있었단 말인가. 연필이 그를 통해 자신의 이야기를 했고, 그는 정말로 그저 손만 놀린 것인가. 그 작품을 쓰는 시간, 연필이 그를 지배했던 것일까.

정답은 알 수 없었다

분명한 것은 한바탕 회오리가 몰아친 것처럼, 불꽃이 타오르다 사그라진 것처럼 그 연필과 함께 갑자기 솟아났던 그의 문학적 능력도 사라졌다는 사실이었다.

그는 다음 작품을 쓸 수 없었다. 여기저기서 수없이 원고 청탁을 받았지만, 그는 짧은 작품 한 편도 완성하지 못했다. 아무리 쓰려고 해도 무엇을 어떻게 써야 할지 도무지 갈피를 잡을 수 없었다. 첫 작품의 성공에 따른 부담감 때문이 아니었다. 은행원 시절에 그랬듯이 그는 자신이 글을 쓴다는 것이 낯설기만 했다.

그는 다시 연필을 찾고 싶었다. 그가 주워 쓴 연필은 이미 없었지만, 만약 그 연필 덕에 작품을 쓴 것이라면 그런 연필이 세상에 또 없으란 법 없지 않을까 싶었다.

그는 혹시라도 연필이 눈에 띌까 해서 늘 길바닥을 살피며 다녔다. 하지만 길바닥에 떨어진 연필은 거의 볼 수 없었다. 어쩌다 운 좋게 연필을 주워도 마법은 두 번 다시 일어나지 않았다.

그는 문방구에서 연필을 사기 시작했다. 연필을 사면 그는 잘 깎아 책상 위에 가지런히 올려놓았다. 그리고 연필이 자신에게 문학적 영감을 불어넣어 주길 기다렸다.

하지만 그의 책상 위에는 연필만 늘어날 따름이었다. 몇 날 며칠 책상 앞에 앉아 연필을 손에 쥐고 억지로 뭔가 써보려고 해도 아무 소용이 없었다.

결국 그의 첫 작품은 그의 마지막 작품이 되었다.

그리고 그는 서서히 잊혀 갔다.

사람들의 관심과는 반비례로 그의 방에는 갖가지 연필이 쌓였다. 어느새 그는 작가가 아닌 연필 수집가가 되어 있었다. 그에게 연필을 보내오는 팬도 있었다. 다시 작품을 쓰면 좋겠다는 간절한 바람과 함께. 하지만 그에게 허용된 것은 연필 한 자루만큼의 재능과 영감과 열정과 기회였는지도 몰랐다.

그렇게 시간이 흘러갔고, 그는 여전히 글 대신 연필을 모았다. 그의 집은 마치 연필 창고 같았다.

연필을 더 이상 집에 쌓아 둘 수 없는 지경에 이르자, 그는 작은 연필 박물관을 열었다. 그리고 그곳에서 평생 연필과 함께 살았다.

그는 손으로 글을 쓰는 대신 운명의 연필에 관해 입으로 이야기했다. 이따금 가까운 벗들과 어울려 거나하게 술에 취하면 그는 마치 자신에게 읊조리듯 말했다. 우연히 주운 연필한 자루가 자기 삶을 바꿔놓았다고. 그 연필 한 자루가 자신의 운명이었다고. 그리고 세상엔 그런 운명을 사는 사람도 있다고.

나비 소녀는 어디로 갔을까?

그렇게 모든 것이 전과 다름없이 흘러갔다.

현이는 대도시 변두리의 허름한 연립주택 지하 방에서 살았다. 그 방은 거의 전부가 땅 아래였고, 겨우 세 뼘 남짓만 땅 위로 나와 있었다. 그리고 바로 그 세 뼘 남짓 땅 위로 나온 부분, 땅바닥과 천장 사이에 딱 그만한 창이 뚫려 있었다. 그곳이 방에 햇빛이 들어오는 단 하나뿐인 구멍이었다. 하지만 빛이 충분하지 않아서 낮에도 늘 전등을 켜야 했다.

현이는 창밖을 보길 좋아했는데, 까치발을 들어도 마당은 보이지 않았다. 나무도 밑동은 보이지 않고 줄기나 가지 부분이 보였다. 창밖으로 1층 베란다 턱과 연립주택 담과 골목 건너편 집 지붕이 보였고, 그 너머로 하늘이 보였다.

하늘에는 비행기가 날아다녔다. 그 동네는 공항과 멀지 않았고, 그 동네 하늘은 공항에 착륙하는 비행기가 지나는 길이었다. 비행기는 하루에도 수십 번씩 굉음을 지르며 천천히 공항으로 내려갔다. 그럴 때마다 지진이 난 듯 창문이 덜덜덜 흔들렸고, 텔레비전 화면은 지직거리며 일그러졌고, 말소리는 비행기 소리에 묻혀 버렸다. 비행기가 지나갈 때 말하는 사람을 보면 붕어처럼 입만 벙긋거리는 것 같아 우스웠다. 전화 통화 중에는 비행기가 멀어질 때까지 말을 끊고 기다려야 했다.

"으이그, 저놈의 비행기!"

어른들은 이따금 비행기를 향해 삿대질하거나 저주 섞인 욕지거리를 내뱉고는 했다. 그러나 현이는 한 번도 그런 적이 없었다. 엄청나게 크고 무거워 보이는 비행기가 하늘을 난다는 게 현이는 신기하기만 했다. 비행기가 나는 건 너무나 당연했지만, 직접 볼 때 느낌은 사뭇 달랐다. 하늘이 바다 같다는 생각이 들기도 했다. 실제로 비행기 배는 물고기처럼 허옜다. 거대한 고래나 상어가 하늘을 난다고 생각하면 현이의 입가에는 웃음이 번졌다. 현이는 자신도 언젠가 저렇게 하늘을 날아보고 싶었다. 하늘을 난다는 건 생각만 해도 기분 좋은 일이었다.

현이는 혼자 살았다. 고아는 아니었다. 부모님은 두 분 다 살아 계셨다. 현이와 함께 살지 않을 뿐이었다.

아빠는 집 짓는 일을 했다. 아빠가 지은 아파트는 전국 곳곳에 있었다. 아빠는 지방에서 일할 때면, 한 달이고 두 달이고 집에 돌아오지 않았다. 그러다 어느 날 불쑥 나타나 옷을 갈아입고 새로 가방을 챙겨 떠나고는 했다. 그때마다 엄마는 아빠에게 잔소리를 퍼붓고 화를 냈다. 아빠도 지지 않고 소리를 질렀다. 살림살이가 부서지는 날도 있었다. 그 모든 것을 현이는 방 한쪽 구석에 쪼그리고 앉아 지켜보았다.

아빠가 늘 집을 비운 것은 아니었다. 아빠는 집에 있는 날도 많았다. 일이 없을 때면 한 달이고 두 달이고 집에 틀어박혀 빈둥거렸다. 그러면서도 현이와 놀아주는 시간은 거의 없었다. 아빠는 날마다 일삼아 술을 마셨다. 엄마가 뭐라고 하면 밖에 나가 마시고 왔다. 그러다 일이 생기면 다시 가방을 챙겨 떠나는 식이었다.

그러던 올봄 어느 날, 이번에는 엄마가 집을 나갔다. 현이에겐 어디로 간다는 말도 없었다. 학교에서 돌아와 보니 엄마가 없었고, 밤이 되어도 돌아오지 않았다.

　엄마는 아빠와 현이와 함께 사는 생활이 못 견디게 싫어진 것인지도 몰랐다.

　"으아, 전생에 내가 무슨 죄를 지었다고……. 아주 징글징글 해!"

　엄마는 자주 그렇게 말하며 진저리를 쳤다.

　며칠 뒤 아빠가 돌아왔다. 엄마가 집을 나갔다는 사실에 아빠는 무척 놀라고 당황하는 기색이었다. 다음날부터 아빠는 낮에 나갔다 밤에 돌아왔다. 엄마를 찾는 것인지, 아니면 다른 볼일을 보고 오는 것인지 현이에겐 말하지 않았다. 현이는 날마다 아빠가 엄마와 함께 집에 들어오길 바랐다. 그러나 보름쯤 지난 어느 날, 아빠마저 집에 돌아오지 않았다.

　이 모든 것이 어찌 보면 그저 물 흐르듯 자연스러운 일 같았다. 불똥 튀는 엄청난 사건이 있었던 것도 아니었다. 엄마도 아빠도 현이에게 어떻게 하고 있으란 말 한마디 없이 떠났고, 그러고는 아무런 소식이 없는 것이었다. 그뿐이었다.

아빠가 떠났다는 걸 현이가 안 것은 돈을 보고서였다. 그날, 학교 갔다 왔더니 책상에 돈이 놓여 있었다. 9만 원이었다. 아빠가 돌아올 때까지, 아니면 엄마가 돌아올 때까지 그 돈을 쓰며 지내라는 뜻인 듯했다. 9만 원은 현이로서는 처음 만져보는 큰돈이었다. 현이는 그 돈을 책상 서랍 깊숙이 넣어 두고 아껴 쓰리라 마음먹었다.

현이가 처음으로 그 돈을 헐어 산 것은 화분이었다. 학교에서 돌아오는데 동네 어귀에 갖가지 화분을 잔뜩 늘어놓은 트럭이 서 있었다. 현이는 걸음을 멈추고 화분을 구경했다. 오롯이 눈에 들어오는 작은 나무가 있었다. 파란 잎이 햇빛에 반질거렸고 함초롬한 하얀 꽃봉오리는 눈부실 만큼 탐스럽게 벙글어 있었다. 꽃에 코를 대어 보니 냄새도 아주 좋았다.

"이 꽃 이름이 뭐예요?"

"치자란다. 치자꽃. 마음에 드니?"

"네. 근데 얼마예요?"

"원래 만 원은 받아야 하는데, 네가 산다면 칠천 원에 줄

게.”

　현이는 집으로 달려가 책상 서랍에서 돈을 꺼냈다. 아깝다는 생각은 조금도 들지 않았다. 그만큼 현이는 치자나무가 마음에 들었다.

　현이는 평소에 화분을 갖고 싶었다. 어떤 꽃이든 방 안에서 늘 볼 수 있었으면 했다. 그러나 엄마도 아빠도 꽃을 사지 않았다. 꽃병에 꽃을 꽂아 둔 적도 없는데 하물며 화분이야……. 현이가 엄마에게 화분을 사자고 어렵게 말을 꺼낸 적이 있었지만, 엄마는 지하 방에선 꽃을 키울 수 없다고 잘라 말했다. 하지만 그건 핑계에 지나지 않는 것인지도 몰랐다. 사실은 엄마와 아빠가 꽃을 별로 좋아하지 않기 때문일 거라고 현이는 짐작했다. 현이 생각엔, 창틀에 놓을 수 있는 작은 화분이라면 하나쯤 키울 수도 있을 것 같았다.

　현이는 처음에 치자나무 화분을 방 안에서도 잘 볼 수 있게 창문 바로 밖에 놓아두었다. 땅과 1층 베란다 사이가 세 뼘 남짓한 높이라서 화분은 겨우 들어갔다. 그런데 생각보다 햇빛이 충분히 들지 않았다. 1층 베란다 턱에 가려 치자나무엔 햇빛이 거의 닿지 않는 것이었다. 게다가 1층 베란다에 막혀 치자나무가 위로 마음껏 가지를 뻗을 수가 없었다.

현이는 마당으로 나가 화분을 꺼냈다. 그리고 1층 베란다에 가리지 않는 자리에 흙을 조금 파내고 화분을 놓았다. 그러고 보니 아예 땅에 심는 게 어떨까 하는 생각이 들었다. 이왕 마당에 놓을 거라면 그게 더 좋을 것 같았다. 현이는 흙을 더 깊이 파내고, 화분에서 치자나무를 뽑아 그곳에 심었다. 이제 방바닥에 앉으면 치자나무가 보이지 않았고, 그래서 방 안에서 제대로 치자나무를 보려면 책상 위로 올라가야 했다. 그 점이 아쉽기는 했지만 그래도 치자나무를 그늘에 두어 죽게 하는 것보다는 낫다고 현이는 생각했다.

현이는 틈만 나면 치자나무 앞에 쪼그리고 앉았다. 치자꽃은 사흘 만에 꽃잎이 벌어졌다. 속살을 보여 주기 부끄럽다는 듯 아주 천천히 벌어졌다. 다시 사흘이 지나자 꽃잎은 더 이상 벌어지지 않았다. 그렇게 다 벌어졌는데도 꽃잎이 뒤로 처지거나 헤벌어지지 않고 적당히 꽃술을 둘러싸고 있는 모양이 보기 좋았다. 향기가 꽤 진하면서도 흔치 않게 그윽한 것도 마음에 들었다. 암만 봐도 정갈하고 소담스러운 꽃이었다.

이따금 치자꽃에 나비가 날아들었다. 그러면 현이는 치자나무 앞에 쪼그리고 앉아 바위처럼 조금도 움직이지 않았다. 나비는 현이 머리에도 앉았다 날아가곤 했다.

"야, 나비 소녀!"

고개를 돌려보니, 같은 반 사내애 진호가 연립주택 입구 쪽에 서 있었다. 축구공을 들고 있는 것으로 보아 친구들과 축구를 하러 가는 길인 듯했다.

"또 꽃구경이냐?"

현이를 보는 진호의 눈에는 장난기가 담뿍 들어 있었다. 뭔가 짓궂은 짓을 하고 싶은 눈치였다. 그때 담 너머에서 명구목소리가 들려왔다.

"야, 뭐해? 빨리 와!"

"알았어."

진호는 아쉬운 듯 공연히 현이에게 혀를 쑥 내밀어 보이고
는 뛰어갔다.

"나비야, 나비야. 이리 날아오너라……."

진호의 노랫소리가 차츰 멀어져갔다.

학기 초, 글짓기 시간에 현이는 시를 지었다.

나비

나는 꽃을 좋아해요.

나는 나비와 친해요.

전생에 나는 나비였을지도 몰라요.

다음 세상에는 꼭 나비로 살고 싶어요.

현이는 선생님이 시키는 바람에 교탁 앞에서 그 시를 읽어야 했다. 킥킥, 낄낄, 하하, 호호, 푸하하, 와아, 우우, 흥, 치, 흐흐……. 교실 안은 웃음바다가 되었다. 재미있다. 웃긴다. 황당하다. 말도 안 돼. 머리가 살짝 돈 거 아냐? 아무튼 이상한 애야. 아이들 웃음에는 그런 뜻이 실려 있었다.

현이는 아이들 웃음을 이해할 수 없었다. 뭐가 우습다는 건지. 현이는 얼굴이 달아올라 고개를 숙였다.

그때부터 현이 별명은 '나비 소녀'가 되었다.

그런데 얼마 뒤, 아이들은 놀라운 광경을 보고 눈이 휘둥그레졌다. 그날 점심시간에 현이는 운동장 가 꽃밭에서 꽃들을 보고 있었다. 개나리는 지고 있었고, 라일락은 한창이었고, 철쭉은 막 꽃봉오리를 내밀고 있었다. 꽃밭에는 벌과 나비가 부지런히 날아다니며 꿀을 빨고 있었다. 그런데 문득, 노랑나비 한 마리가 현이 머리에 앉는 것이었다.

마침 그 옆에 있던 한 아이가 그걸 보고는 소리쳤다.

"야, 얘들아! 이리 와 봐. 나비 소녀 머리에 진짜 나비가 앉

앗다!"

"뭐, 정말?"

재미난 구경거리를 놓칠 수 없다는 듯 아이들이 우르르 모여들었다. 나비는 여전히 현이 머리에서 날아오르지 않았다. 아이들은 저마다 현이 머리에 앉은 나비를 가리키며 신기하다는 표정으로 웃거나 재잘댔다.

"저 나비가 쟤 친군가 보다, 야."

"나비가 꼭 리본 같다, 얘."

그러나 정작 아이들이 입을 다물지 못하게 된 건 그다음 순간이었다. 현이는 보란 듯이 오른팔을 머리 위로 쭉 뻗었다. 그리고 주먹을 쥔 채 검지만 똑바로 세웠다. 그러자 약속이나 한 듯 나비가 날갯짓하더니 그 손가락 끝에 사뿐히 앉는 것이었다. 그건 흡사 마술과 같은 장면이었다. 그저 우연이라고 웃어넘길 수도 없고, 그렇다고 태연히 사실로 받아들이기엔 너무나 믿기지 않는, 하지만 분명히 눈앞에 벌어진, 신기하고 굉장한 일이었다.

잠시 뒤, 나비가 현이 손가락에서 날아오를 때까지 아이들은 아무 말도 하지 못했다.

"와, 정말 나비 소녀네!"

한 아이가 겨우 그렇게 말하자, 아이들은 아직 놀라움이 가시지 않은 눈을 끔벅이며 천천히 흩어졌다.

이제 아이들은 현이를 마냥 비웃을 수만은 없게 되었다. 하지만 현이를 좋아하게 된 것은 아니었다. 인정하고 싶진 않은데 뭔가 신비한 구석이 있는 애. 호기심은 생기는데 그렇다고 가까이하고 싶지는 않은 애. 왠지 꺼림칙한 애. 아이들에게 현이는 그런 애였다. 그리고 누구도 아니라고 할 수 없는 나비 소녀였다.

아빠가 떠난 지 한 달이 지났다. 아빠도 엄마도 여전히 돌아오지 않았다. 어쩌면 영영 돌아오지 않을지도 모른다는 불안이 현이의 가슴에 어둠처럼 차올랐다. 현이는 그 생각을 떨쳐내려고 치자나무에 온 마음을 쏟았다. 날마다 물도 주고 먼

지도 닦아 주었다.

그 사이에 치자꽃은 한 송이가 지고 두 송이가 새로 피어났다. 새로 피어난 두 송이 중에 한 송이는 꽃잎을 활짝 벌렸고, 다른 한 송이는 아직 흰 봉오리만 벙글어 있었다. 나비들이 더 많이, 더 자주 치자꽃을 찾아왔다.

다시 한 달이 지났다. 쌀이 떨어지자, 현이는 아침은 거르고 점심은 급식을 먹고 저녁은 라면으로 때웠다. 그 사이에 치자꽃은 두 송이가 지고 새로 한 송이가 피어났다. 현이는 치자꽃 앞에 앉아 있을 때만큼은 배고픔도 잊을 수 있었다. 아껴 쓴다고 썼는데도 돈은 얼마 남지 않았다. 탈탈 털어 보니 2740원뿐이었다.

날은 점점 무더워졌다.

그날 폭우가 내린다는 일기예보를 현이는 듣지 못했다. 학교 갈 때만 해도 바람만 불었지, 빗방울은 떨어지지 않았다. 그래서 우산도 가져가지 않았다.

비는 점심시간 무렵부터 쏟아지기 시작했다. 빗방울이 후드득 유리창을 때리는가 싶더니, 삽시간에 장대비로 바뀌었다. 드센 바람에 교문 옆 건물에 걸린 현수막이 심하게 펄럭였다. '6월은 호국 보훈의 달'도 바들바들 떨렸다. 내일모레면 내려질 현수막이었다.

　　수업이 끝나 교실을 나선 아이들은 집에 갈 걱정에 술렁거렸다. 비바람이 너무나 세차서 우산을 펴들기도 쉽지 않았다. 펴자마자 우산살이 꺾여 버리는가 하면, 눈 깜짝할 사이에 우산이 손에서 빠져나가 휙 날아가기도 했다.

　　현관 앞에는 자기 아이를 데리러 온 부모들이 여럿 있었다. 자기 엄마나 아빠를 발견한 아이들은 구원이라도 받은 것처럼 좋아했다. 그 아이들은 부러운 눈길을 등에 받으며 먼저 집으로 돌아갔다. 남은 아이들은 빗속으로 나설 엄두가 안 나 현관 안쪽에 모여 웅성거렸다.

　　그때 교문 옆 건물에 걸린 현수막이 부욱 찢어졌다. 바람은 더욱 그악스럽게 몰아쳐 현수막을 너덜너덜하게 찢고는 끝

내 학교 담 너머로 날려 버렸다. 아이들은 "아아!" 하고 걱정스럽게 현수막이 날아간 쪽을 바라보았다.

현이는 어차피 우산도 없고, 데리러 올 사람도 없었다. 게다가 비가 언제 그칠지도 알 수 없는 일이었다. 현이는 아이들을 헤치고 앞으로 나섰다. 뒤에서 아이들이 놀랍다는 듯 "와아!"하고 소리를 질렀다.

현관을 나서자마자 비는 사정없이 얼굴을 때렸고, 바람은 머리채를 움켜쥐고 흔들어댔다. 교문을 채 나가기도 전에 옷이 흠뻑 젖어버렸다. 그렇게 젖고 나자 오히려 비바람 맞는 건 두렵지 않았다. 현이는 자기보다 치자나무가 더 걱정되었다. 이 비바람에 쓰러지지는 않았는지. 현이는 마음이 급해져 찰박거리며 뛰었다.

치자나무는 위태롭게 마구 흔들리고 있었다. 자칫하면 뿌리째 뽑혀 버릴 것 같았다. 현이는 치자나무에 바람막이를 만들어 주어야겠다고 생각했다. 하지만 비바람이 너무 거세서 도저히 바람막이를 세울 수 없었다.

생각 끝에 현이는 스스로 바람막이가 되기로 했다. 현이는 두 손으로 수건을 펼쳐 들고 치자나무 앞에 앉았다. 그렇게 앉아 현이는 세차게 몰아치는 비바람을 치자나무 몫까지 고스란히 맞았다. 얼마 지나지 않아 입술이 보랏빛으로 변했고, 온몸이 덜덜 떨렸다. 하지만 현이는 일어서지 않았다. 나중에는 감각이 무뎌져 추운 줄도 몰랐다.

날이 어두워지자, 비바람은 누그러졌다. 그제야 현이는 기다시피 방으로 들어갔다. 비로소 추위와 피곤이 온몸을 짓눌렀다. 현이는 서둘러 옷을 갈아입고 머리를 대충 말린 뒤 이부자리에 쓰러졌다.

눈을 떴더니, 이미 아침이었다. 머리가 깨질 듯이 아팠다. 몸살감기인지 온몸에서 열이 펄펄 났고 내쉬는 숨도 몹시 뜨거웠다. 그리고 손끝 하나 까딱하기도 힘들었다. 학교에 가야한다는 생각이 들었지만, 현이는 몸을 일으킬 수 없었다. 그저 더 자고 싶었다.

'딱 5분만 더 자고 일어나야지.'

  현이는 다시 눈을 감았다. 그러나 5분 뒤가 아니라 한낮이 되어서야 깨어났다. 이미 학교에 가기는 틀린 일이었다. 그보다 머리가 지끈거리고 온몸이 욱신거려 숨쉬기조차 괴로웠다.

  문득, 엄마가 이따금 머리가 아파 잠이 안 올 때면 먹던 약이 생각났다. 현이는 경대 서랍에서 그 약을 꺼냈다. 작고 동그란 알약이었다. 현이는 무슨 약인지 살피지도 않고 한 알을 입에 넣고는 물을 마셔 삼켰다.

  현이는 힘겹게 숨을 몰아쉬며 잠시 앉아 있었다. 취한 듯이 자꾸 잠이 쏟아졌다. 현이는 아무 생각 없이 누웠고, 눕자마자 잠들었다. 이번엔 아주 오래 잤다.

  오랜만에 꿈을 꾸었다.

  엄마가 현이의 날개옷을 뜨고 있었다. 현이는 뜨개질하는 엄마 무릎을 베고 누웠다.

"엄마, 이 날개옷을 입으면 나비가 될 수 있을까?"

"그래, 넌 그럴 수 있을 거야. 넌 원래 나비였으니까."

"맞아. 난 나비야, 나비!"

그때 아빠가 현이를 덥석 안아 들고 수염 난 턱을 현이 볼에 비볐다.

"어이구, 우리 공주님!"

까칠까칠하고 간지러운 감촉이 싫지 않았지만 현이는 부러 아빠를 밀어냈다. 문득, 긴장감이 조금도 없는 그 분위기가 아늑하고 포근하게 느껴졌다. 현이는 벙근 꽃봉오리가 갑자기 툭 터지듯 자지러지게 웃음을 터뜨렸다…….

시간이 얼마나 지났는지 알 수 없었다. 밤인지 낮인지도 헷갈렸다. 현이는 부스스 일어났다. 이상한 것은 학교 갈 걱정이 안 든다는 거였다. 열은 내렸는데, 머리가 띵하고 멍했다. 그리고 몹시 배가 고팠다.

현이는 남은 돈을 몽땅 주머니에 넣고 집을 나섰다. 계단을 올라가는데, 머리가 어지럽고 속이 울렁거렸다. 다리도 후들거렸다.

비는 그쳤고, 치자나무는 무사했다. 현이는 잠깐 치자나무 앞에 앉았다가 연립주택 밖으로 나갔다. 저녁 무렵인 듯 가로등이 누렇게 빛나고 있었다.

집을 나설 때만 해도 현이는 라면을 살 생각이었다. 그런데 가게에 들어서자 문득 너무 목이 말랐다. 현이는 마침 반값 할인하는 1000밀리리터짜리 우유를 샀다. 그리고 그 자리에서 우유를 반쯤 마셨다.

집에 돌아온 현이는 다시 알약을 먹고 잠들었다. 어찌 그렇게 잠이 쏟아지는지 알 수 없었다. 현이는 오래오래 잤고, 이따금 깨었다. 잠에서 깨면 머리가 아팠고, 그래서 약을 먹으면 어김없이 잠이 쏟아졌다. 몇 차례 그러고 나자, 현이 몸엔 일어설 기운조차 남아 있지 않았다.

현이는 남은 알약을 모두 입에 털어 넣고 물을 마셨다. 몇 알인지는 세어 보지 않았다.

현이는 모로 누워 새우처럼 몸을 웅크리고 잤다. 두 무릎을 가슴에 붙이고 두 손은 턱에 모은 자세였다.

　현이는 죽은 듯이 잠만 잤다.

　현이가 1주일이나 결석하자, 담임 선생님은 같은 동네에 사는 명구와 진호에게 현이네 집에 가 보라고 시켰다. 집에 무슨 일이 있는지, 왜 학교에 나오지 않는 것인지 알아 오라는 것이었다.

　"선생님은 왜 우릴 시키는 거야?"

　"글쎄 말이야. 에이, 가기 싫은데."

　명구와 진호는 투덜거리며 현이네 집으로 갔다. 어두컴컴한 지하실 계단을 내려가 현이네 방문을 두드렸다. 그러나 현이는 아무 소리도 들을 수 없었다.

　"아무도 없나 봐."

　"잘 됐다, 야. 그냥 가자."

　명구와 진호는 곧바로 돌아섰다. 달아나듯 서둘러 계단을 뛰어 올라간 명구와 진호는 연립주택 마당에 피어 있는 치자

꽃을 보았다. 호랑나비 한 마리가 그 꽃 위에 앉아 있었다.

"야, 나비 소녀 말이야. 진짜 나비 된 거 아닐까?"

명구 말에 진호가 피식 웃었다.

"뭐? 말도 안 돼!"

명구와 진호는 낄낄거리며 돌아갔다. 그 뒤 아이들은 현이네 집을 다시 찾아오지 않았다. 학교는 곧 여름방학에 들어갔고, 아이들은 더 이상 현이를 궁금해하지 않았다. 선생님도 현이네 집을 찾아오지 않았다.

현이는 무려 한 달 동안이나 잤다. 그동안 나무들은 초록 물감이 뚝뚝 떨어지리만치 숨 가쁘게 자랐고, 하늘에는 배 허연 비행기가 여전히 엄청난 소리를 쏟아내며 날아갔다. 맑은 날이나 흐린 날이나 어른들은 일을 나갔고, 아이들은 학원에 다니거나 끼리끼리 몰려다녔다. 그렇게 모든 것이 전과 다름 없이 흘러갔다.

달라진 건 현이였다. 현이 얼굴은 점점 창백해졌다. 그런데 너무 창백해진 탓일까. 어느 순간부터 몸 전체가 희끄무레

해졌다. 아니, 그게 아니었다. 가느다란 실 같기도 하고 거미줄 같기도 한 하얀 것이 몸에 덮이기 시작한 것이었다. 마치 애벌레가 고치를 짓듯이, 그 하얀 것은 현이를 머리끝에서 발끝까지 골고루 감쌌다. 그리고 점점 더 두꺼워졌다. 나중에는 어디가 얼굴이고 어디가 다리인지도 모르게 몸을 완전히 덮어 버렸다.

하얗고 길쭉하고 둥그런……, 영락없는 누에고치였다.

현이는, 아니 고치는 날이 갈수록 점점 작아졌다. 마지막엔 진짜 누에고치보다 약간 더 큰 정도까지 줄어들었다.

어느 날, 같은 연립주택에 사는 아줌마 한 분이 경찰을 불렀다.

"통 드나드는 사람도 없고, 안에서 이상한 냄새가 나서요."

몸집이 투실투실한 경찰은 마뜩잖은 얼굴로 현이네 방문을 쿵쿵 두드렸다. 하지만 안에서는 아무런 반응이 없었다.

경찰은 마당으로 나와 현이네 방 창문 쪽으로 납작 엎드려 방 안을 살폈다. 경찰이 본 것은 경대와 옷장과 텔레비전 같은 것들이었다. 땅바닥과 1층 베란다 사이가 너무 좁은 탓에 방 안을 샅샅이 훑어볼 수가 없었다. 하기는 자세히 보았다고 해도 고치로 변한 현이를 경찰이 알아볼 리 없었다.

"아무도 없는데요?"

경찰은 몸을 일으키며 땀으로 번들거리는 이마를 손등으로 쓱 훔쳤다.

"그래요? 그럼 야반도주라도 한 건가…?"

아줌마가 고개를 갸웃거렸다.

"살림살이는 그대로예요. 어디 피서라도 간 모양인데요?"

경찰은 옷에 묻은 흙먼지를 툭툭 털었다.

"거참 이상하네. 그렇게 오래 여행을 갈 형편은 아닌데, 대체 어디 간 거지? 애도 하나 있었는데……. 근데 이 냄새는 뭐죠? 어휴, 너무 고약해요."

"무더운 날씨에 사람이 안 사니까 방에 곰팡이가 슬었나 보죠, 뭐. 먹다 남은 음식이 썩었거나……."

경찰은 별일도 아닌데 이 무더위에 공연히 다리품을 팔았다는 듯 쩝쩝 입맛을 다셨다. 그러고는 뜨거운 숨을 푹푹 내쉬며 돌아갔다. 경찰을 불렀던 아줌마도, 다른 이웃 사람들도 그쯤에서 현이네 집에 관한 관심을 거두었다. 냄새 때문에 좀 찜찜해 하긴 했지만.

어느새 여름방학이 끝나가고 있었고, 기승을 부리던 더위는 한풀 꺾였다.

어느 날, 고치가 꿈틀거렸다. 고치 안에서 뭔가 꼼지락거리더니 고치 끝에 작은 구멍이 났다. 그리고 뭔가 허연 것이 고치를 찢고 나오기 시작했다.

놀랍게도, 아니 너무나 당연하게도 고치에서 나비 한 마리가 나왔다. 치자꽃처럼 하얀 나비였다.

나비는 고치 위에 앉아 몸을 말린 뒤 날개를 펼쳤다. 그리고 연습하듯 날개를 두어 번 하느작거리더니 가뿐히 날아올라 곧장 창밖으로 나갔다.

치자나무엔 아직 하얀 꽃 한 송이가 피어 있었다. 나비는 치자꽃 위에 사뿐 앉았다. 꽃향기를 맡는지 꿀을 빠는지 날개를 접고 잠시 머물렀다.

이윽고 나비는 다시 날개를 펴고 작별 인사를 하듯 연립주택 마당을 천천히 한 바퀴 돌았다. 그러고는 팔랑팔랑 날갯짓하며 이내 하늘 높이 날아올랐다.

흰나비 한 마리가 아득한 하늘 저편으로 날아갔다.

우주나무 청소년문학 1 연필 한 자루가 있었다

초판 1쇄 인쇄 2023년 4월 11일 | 초판 1쇄 발행 2023년 4월 28일
글 하모 | 디자인 아이디스퀘어 | 펴낸이 정하섭 | 펴낸곳 우주나무
출판신고 제2021-000100호 | 주소 10881 경기도 파주시 회동길 480 아트팩토리 B동 236호
전화 070-8848-1905 | 팩스 0505-360-1905
메일 woojunamup@naver.com | 블로그 http://woojunamup.blog.me

ⓒ 하모 2023

ISBN 979-11-89489-96-0 44810 ISBN 979-11-89489-95-3(세트)

⚠ 종이에 손이 베이거나 책 모서리에 다치지 않게 주의하세요.